まちがいさがしクイズ
ちがうかんむりが、一《ひと》つ
あります。わかるかな？

キツネのかぎや・5

白《しろ》ワシのかんむり

三田村信行・作●夏目尚吾・絵

あかね書房

もくじ

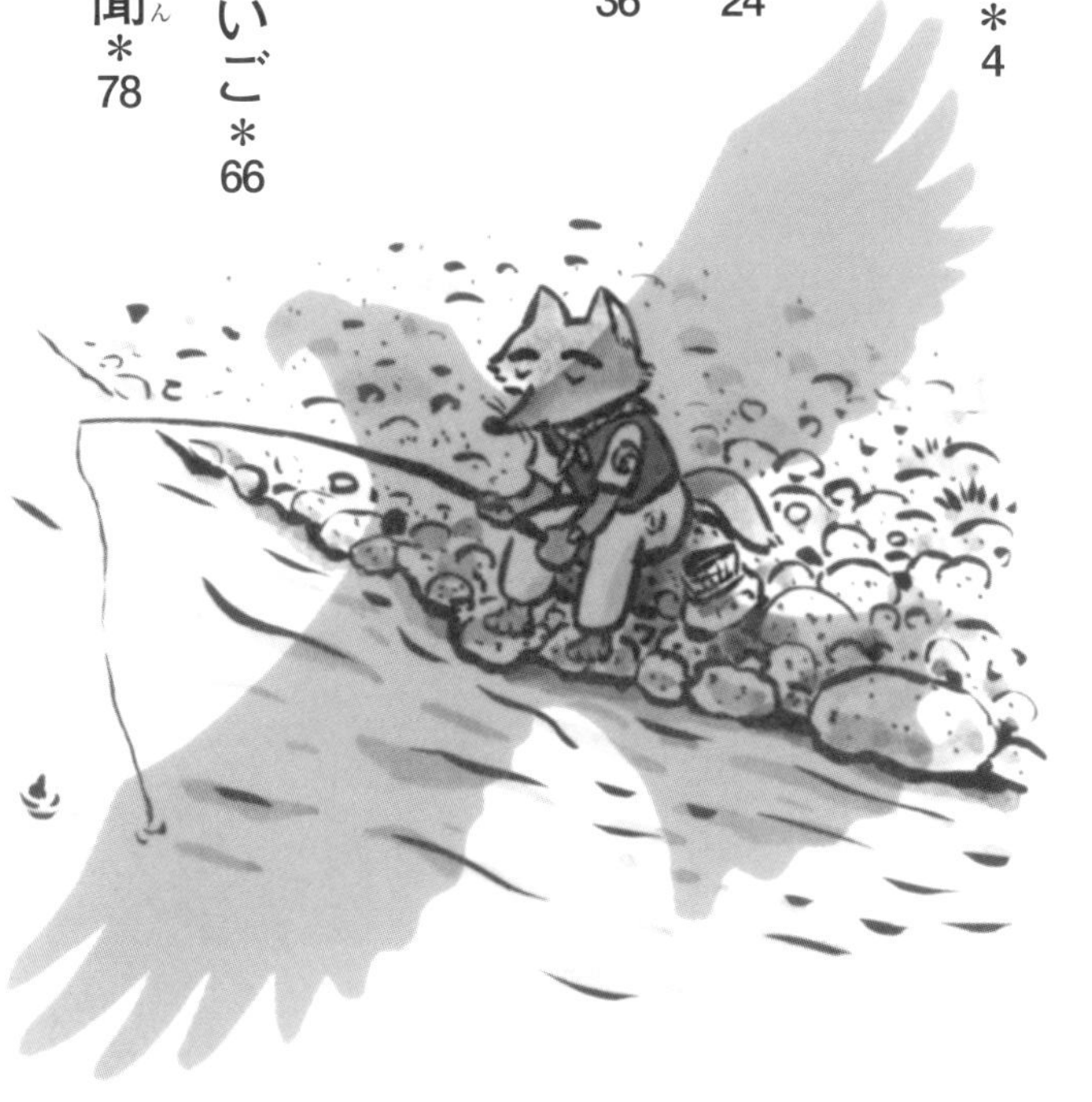

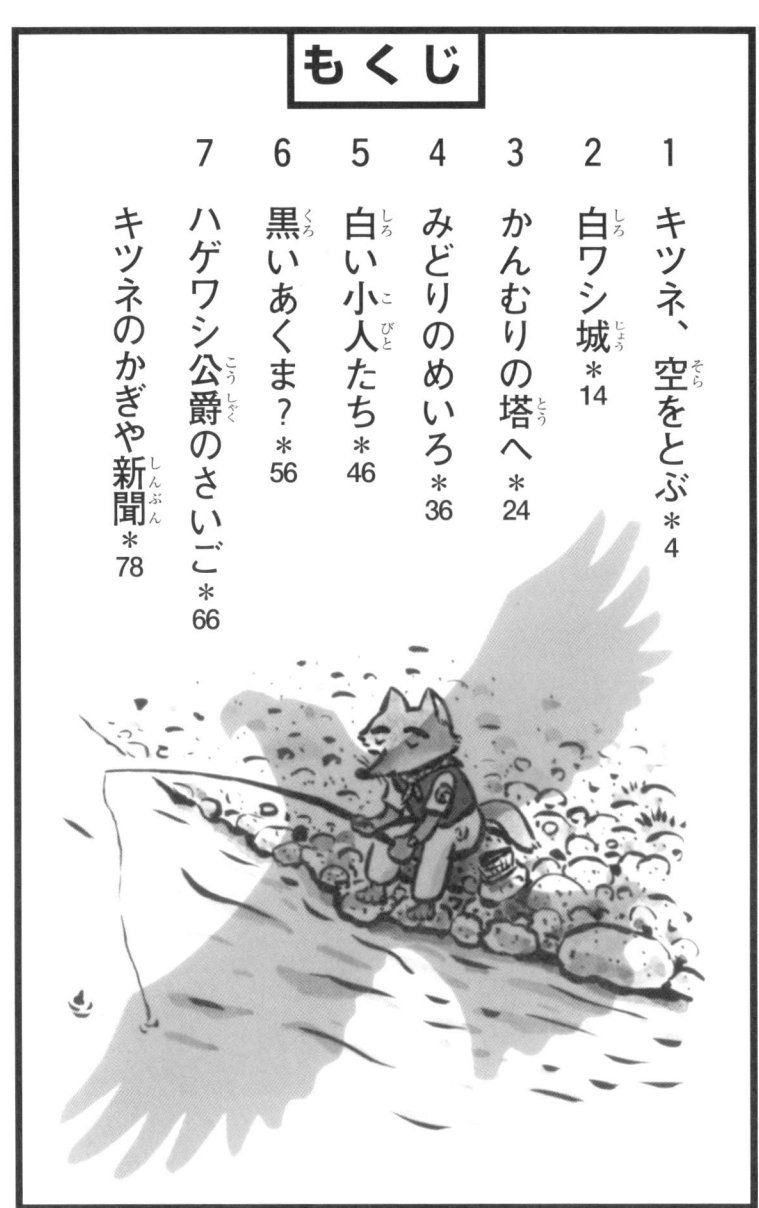

登場人物《とうじょうじんぶつ》

★キツネのかぎや
かぎは、なんでもあける自信《じしん》をもっている、このシリーズの主人公《しゅじんこう》。

●白《しろ》ワシの女王《じょおう》
ワシの国《くに》をおさめる女王《じょおう》。

●わかい白《しろ》ワシ王子《おうじ》
女王《じょおう》のむすこ。

●ハゲワシ公爵《こうしゃく》
ワシの国《くに》の王《おう》さまになろうと、たくらんでいる。

●白《しろ》ひげの小人《こびと》
みどりの森《もり》にすむ白《しろ》い小人《こびと》の長老《ちょうろう》。

●黒《くろ》いあくま？
かんむりの塔《とう》があるさばくにいる。

＊キツネのかぎやは、思《おも》いがけない大《だい》ぼうけんをします！

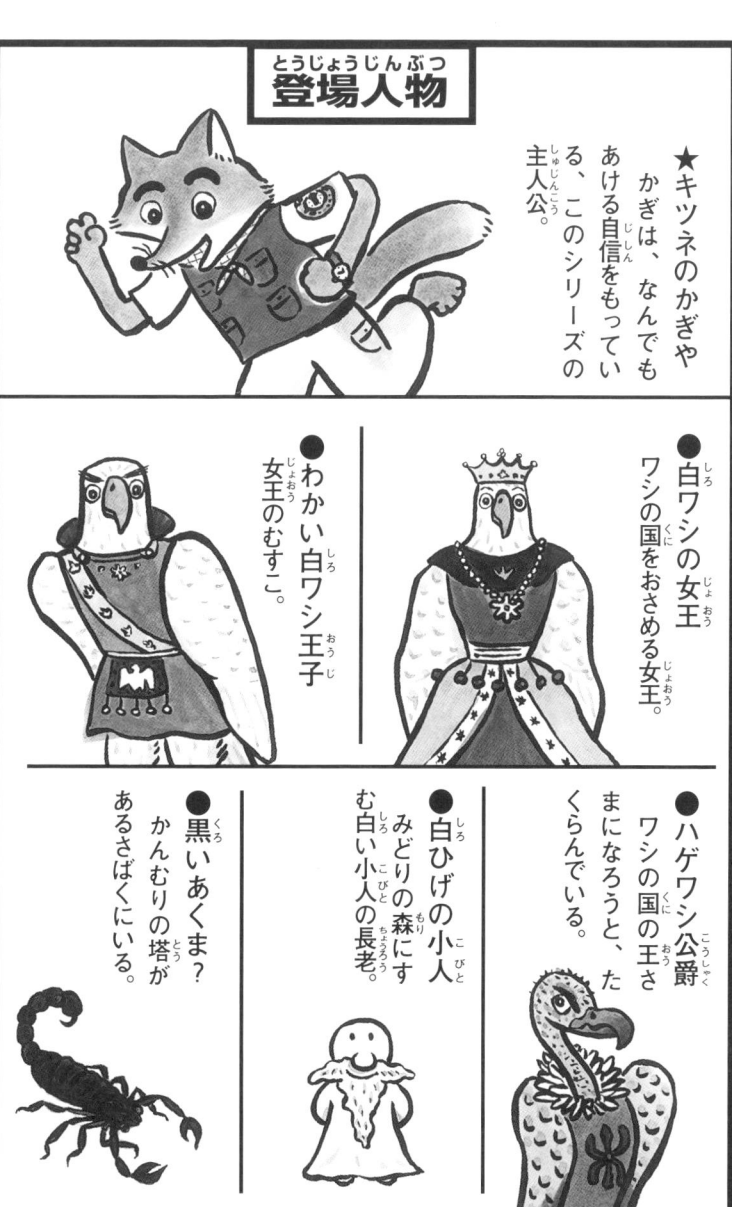

1 キツネ、空《そら》をとぶ

キツネのかぎやは、駅《えき》まえの商店《しょうてん》がいのうらてにあります。

でも、きょうは、お休《やす》みです。

「ここんとこ、よくはたらいたから、一日《いちにち》ののんびりし

よう。」

というわけで、すきな魚《さかな》つりに出《で》かけることにしたのです。

店《みせ》をしめて、キツネがじてん車《しゃ》にのってむかったのは、町《まち》はずれを流《なが》れる川《かわ》の上流《じょうりゅう》でした。

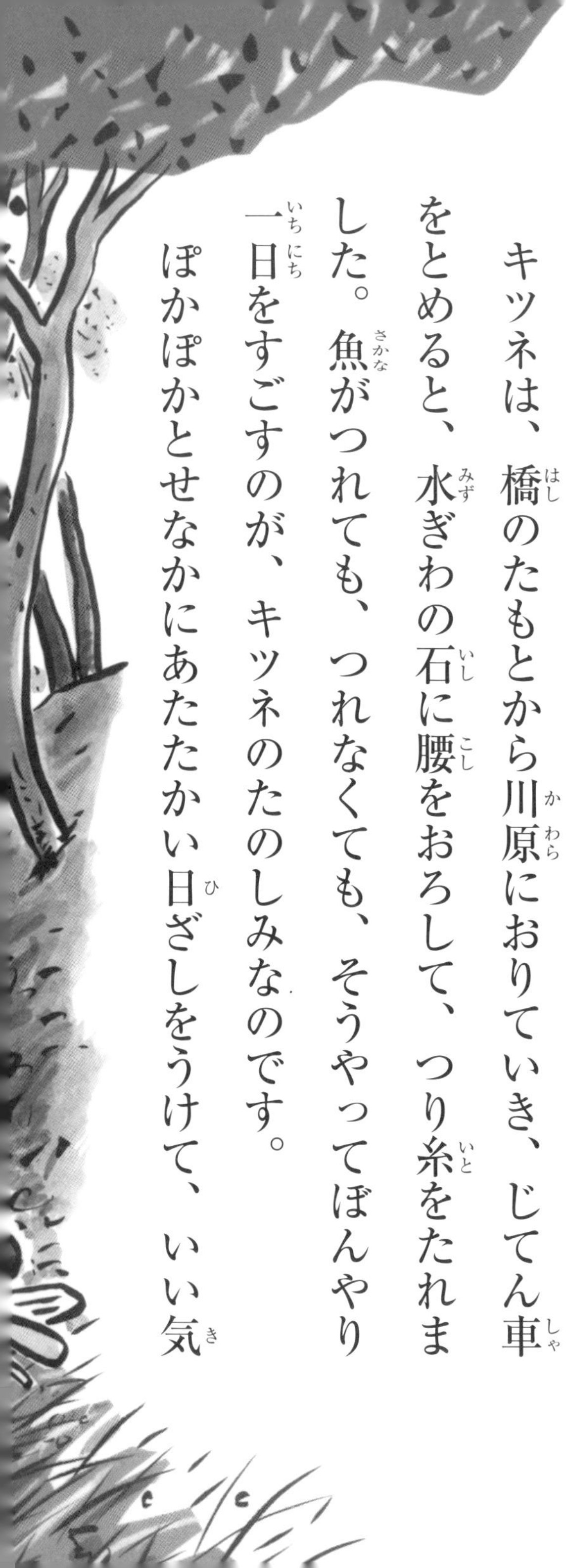

一時間《いちじかん》ばかり、川《かわ》にそってじてん車《しゃ》を走《はし》らせていくうちに、川《かわ》はばがだんだんせまくなってきました。

あたりのけしきも、雑木林《ぞうきばやし》や畑《はたけ》にかわってきます。

小《ちい》さな木《き》の橋《はし》が見《み》えてきました。

キツネは、橋《はし》のたもとから川原《かわら》におりていき、じてん車《しゃ》をとめると、水《みず》ぎわの石《いし》に腰《こし》をおろして、つり糸《いと》をたれました。魚《さかな》がつれても、つれなくても、そうやってぼんやり一日《いちにち》をすごすのが、キツネのたのしみなのです。

ぽかぽかとせなかにあたたかい日《ひ》ざしをうけて、いい気《き》

もちになったキツネは、
こっくりいねむりを
はじめました。
と、その時《とき》です。

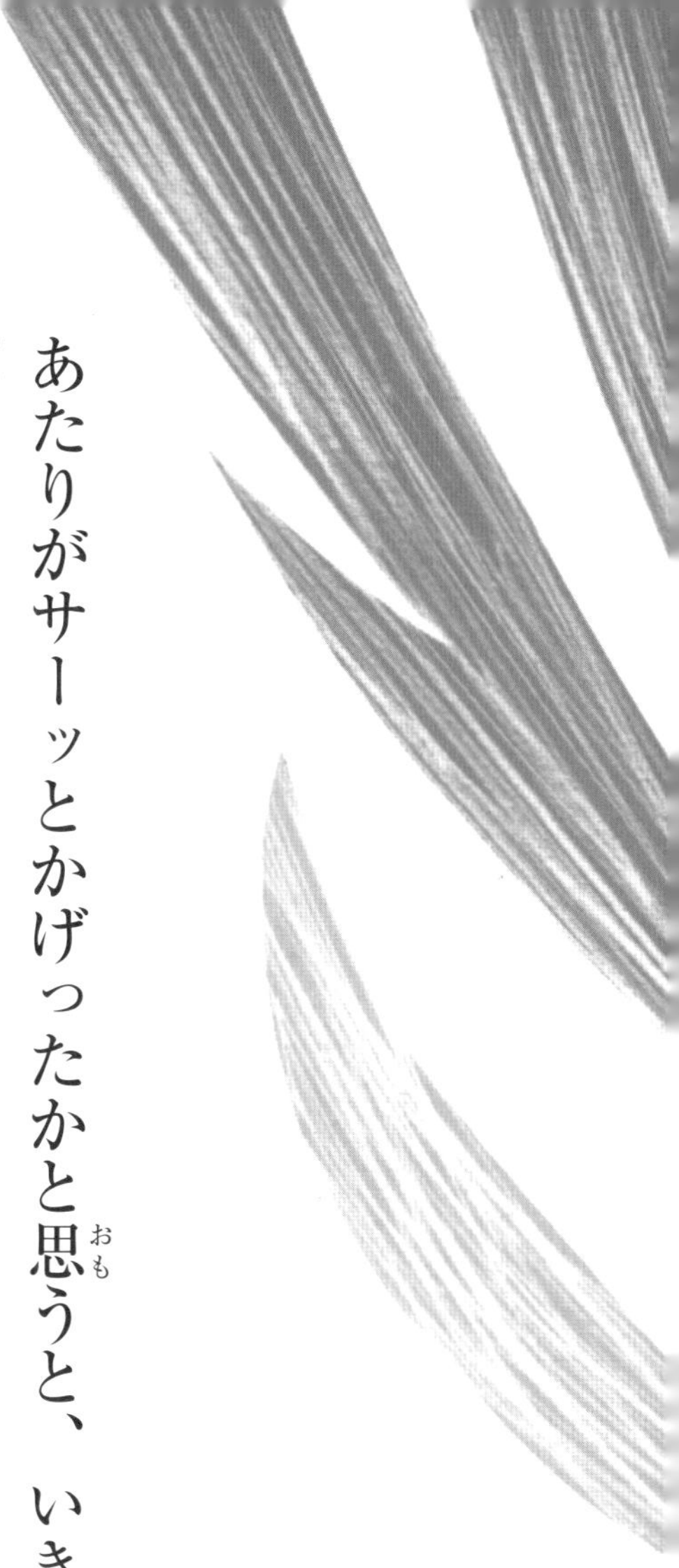

あたりがサーッとかげったかと思《おも》うと、いきなりキツネの体《からだ》が、ふわっともち上《あ》がりました。
「うわっ、なななんだ、どどどうした？」
キツネは、びっくりして目《め》をさましました。
そして、もう一《いち》ど、びっくり。なんとキツネは、空《そら》をとんでいたのです。

頭《あたま》を上《あ》げてみると、金色《きんいろ》の目《め》とするどいくちばしが目《め》に入《はい》りました。ワシです。大《おお》きなワシが、キツネをつかんでとんでいました。

「あ、あの、ぼ、ぼくをどうするんですか。」

ふるえ声《ごえ》できいてみましたが、ワシはなにもいいません。

バサッ、バサッと、大《おお》きな羽音《はおと》を立《た》ててとびつづけます。大《おお》きな町《まち》を三《みっ》つとびこえました。

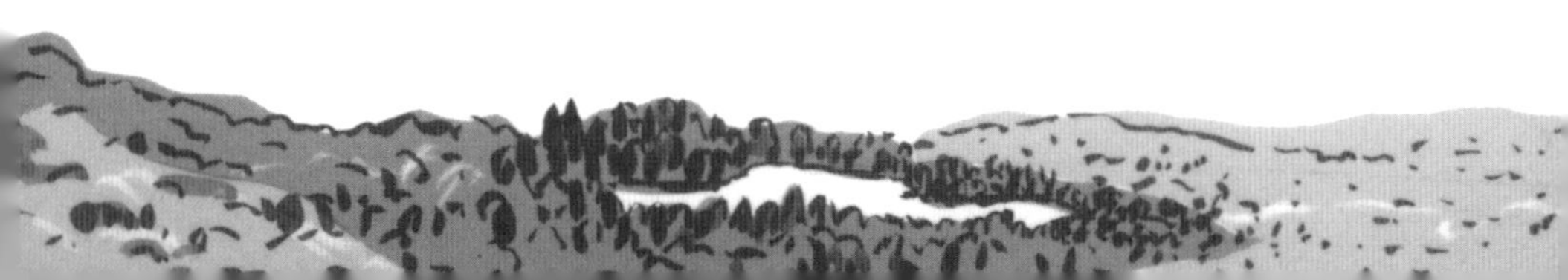

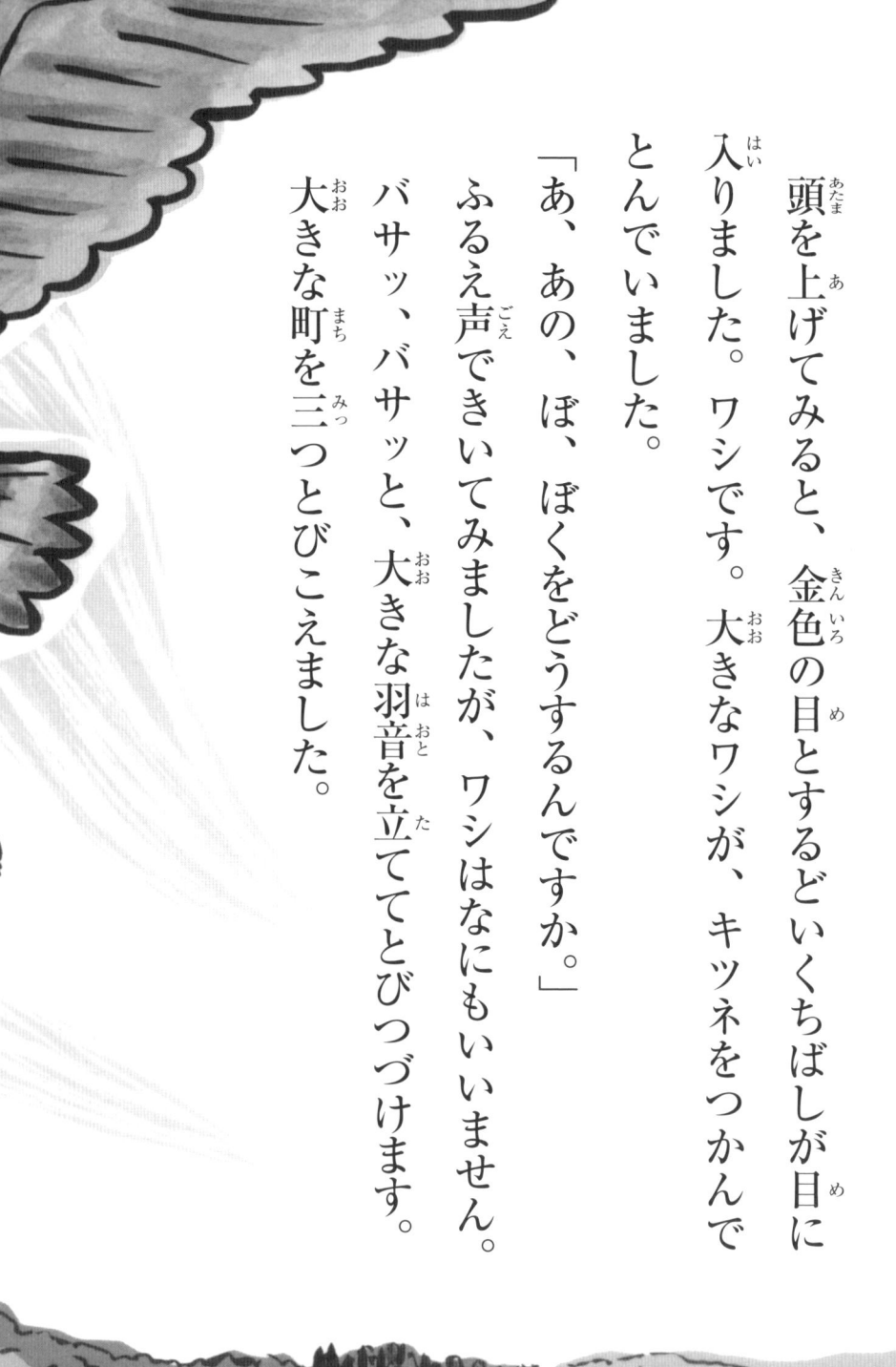

牧場《ぼくじょう》と森《もり》と、みずうみの
上《うえ》をとびました。
やがて、行《ゆ》く手《て》に、切《き》り
立《た》った高《たか》い岩山《いわやま》がそびえて
いるのが見《み》えてきました。

岩山《いわやま》のてっぺんには、古《ふる》い、りっぱなお城《しろ》がたっています。

ワシは、ぐーんと高《たか》くとんで岩山《いわやま》に近《ちか》づくと、お城《しろ》の上《うえ》にキツネをしずかにおろしました。

「ここはどこです。なぜぼくをこんな所《ところ》へつれてきたんです！」

キツネがわめいていると、

「遠《とお》い所《ところ》を、よくいらしてくださいました。」

すんだ、きれいな声《こえ》がしました。

見《み》ると、かんむりを頭《あたま》にのせた一《いち》羽《わ》の白《しろ》ワシが、十《じゅう》数《すう》羽《わ》のワシをしたがえて、しずかに

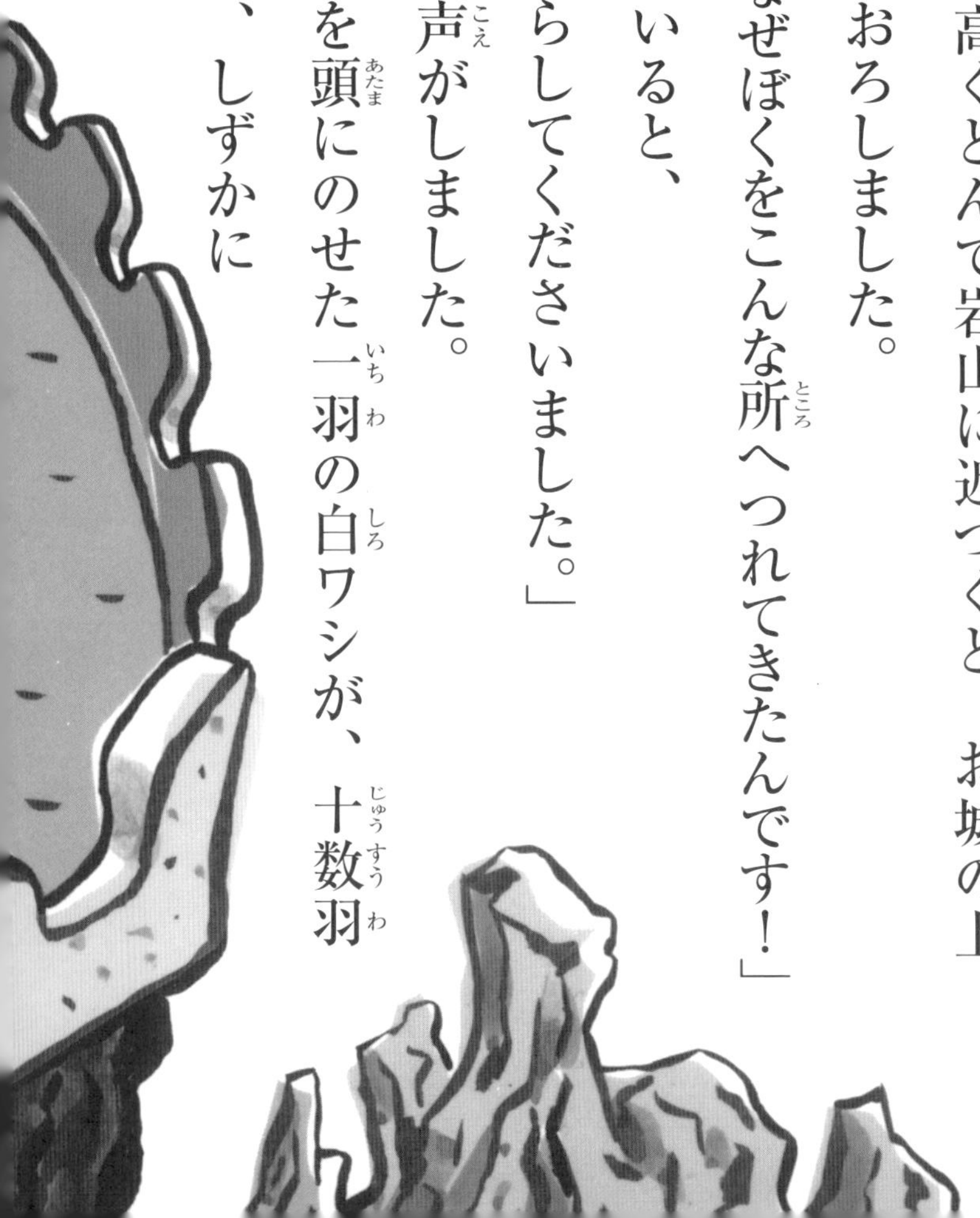

歩《あゆ》みよってくる
ところでした。

2 白《しろ》ワシ城《じょう》

「ここは、白《しろ》ワシ城《じょう》。そしてわたくしは、ワシの国《くに》をおさめる女王《じょおう》です。」

白《しろ》ワシはいいました。

「とつぜんつれてこられて、さぞかしおどろかれたことでしょう。じつは、これには、わけがあるのです。」

白《しろ》ワシ女王《じょおう》は、ていねいに頭《あたま》を下《さ》げると、そのわけを話《はな》し出《だ》しました。

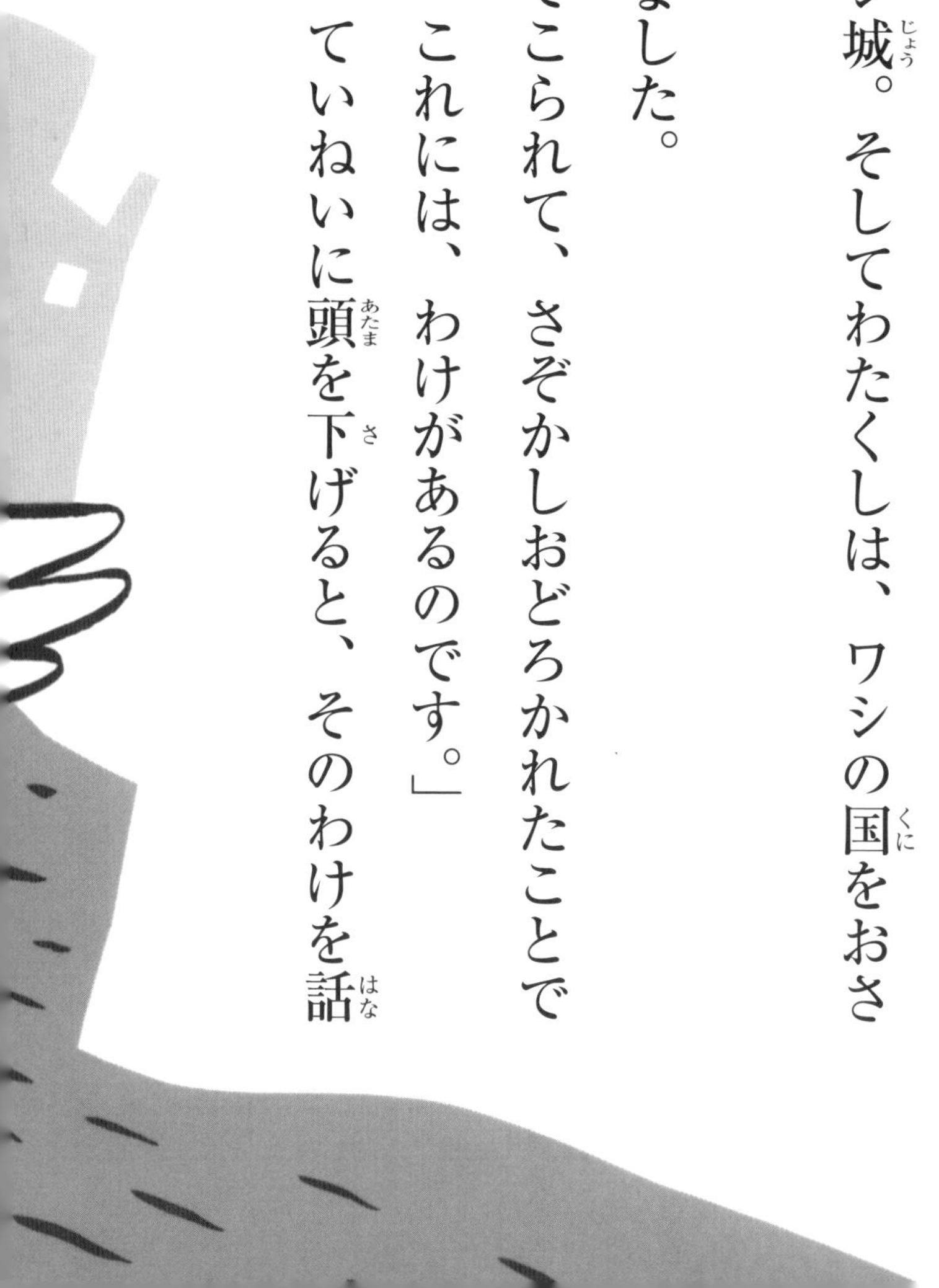

ことのおこりは、女王《じょおう》が、むすこの白《しろ》ワシ王子《おうじ》に国《くに》をゆずって、新《あたら》しい王《おう》さまにしようとしたことからでした。

ワシの国《くに》のきまりでは、新《あたら》しい王《おう》さまになる時《とき》には、とくべつに作《つく》られたかんむりをかぶらなければなりません。

その時《とき》のために、かんむりはとくべつのはこにしまわれているのです。

「ところが、そのはこをあけるかぎが、ぬすまれてしまったのです。」

白《しろ》ワシ女王《じょおう》は、肩《かた》をおとしました。

「三日後《みっかご》に、王子《おうじ》にかんむりをさずける
たいかん式《しき》が行《おこな》われます。その時《とき》までにはこをあけて、
かんむりをとり出《だ》さないと、たいへんなことに……。」

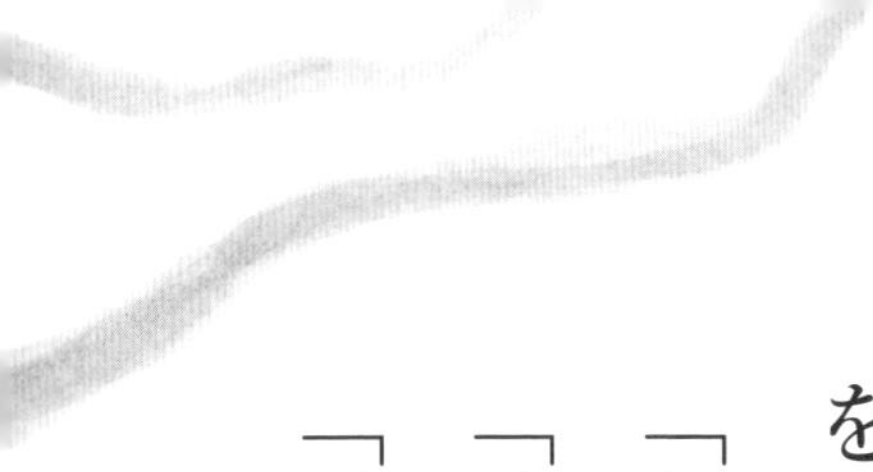

白《しろ》ワシ女王《じょおう》が、そこまでいった時《とき》です。

とつぜん、バサバサバサッと羽音《はおと》を立《た》てて、一羽《いちわ》の大《おお》きなハゲワシがまいおりてきました。

「女王《じょおう》さま、ごきげんいかがですかな。」

ハゲワシは、にやにやわらいながら、わざとらしく、頭《あたま》を下《さ》げました。

「かぎは見《み》つかりましたか。」

「そんなこと、あなたにかんけいありません！」

「はっはっはっ。あと、三日《みっか》ですぞ。それまでにかんむりを

とり出《だ》せないと、どうなるか、わかっておいででしょうな。」

ハゲワシは、おどかすようにいうと、羽音《はおと》を立《た》ててとびさっていきました。

「あれは、ハゲワシ公爵《こうしゃく》です。かぎをぬすんだのは、公爵《こうしゃく》だと思《おも》うのですが、しょうこがありません。」

白《しろ》ワシ女王《じょおう》は、くやしそうにいいました。

「ハゲワシ公爵《こうしゃく》は、じぶんが王《おう》さまになろうとしているのです。たいかん式《しき》の日《ひ》に、ぬすんだかぎではこをあけ、かんむりをとり出《だ》すつもりなのでしょう。

この国《くに》では、そのとくべつのかんむりをもっているもの

が、王《おう》さまになるという
きまりがあるのです。」

「だから、そのまえに、はこをあけて、かんむりを手《て》に入《い》れなければならないんだ！」

女王《じょおう》のうしろにひかえていたわかい白《しろ》ワシが、一歩《いっぽ》まえに出《で》て、さけびました。

「王子《おうじ》のいうとおりです。それで、どんなかぎでもあけるというひょうばんの、あなたさまにきていただいたのです。」

「そうだったんですか。そういうことなら、ぼくにまかせてください！」

キツネは、どんと胸《むね》をたたきました。

3 かんむりの塔《とう》へ

キツネは、白《しろ》ワシ王子《おうじ》のせなかにのって、ふたたび空《そら》をとんでいました。

まわりには、十数羽《じゅうすうわ》のへいたいワシが、王子《おうじ》をまもってとんでいます。

かんむりの入《はい》ったはこは、ワシの国《くに》のはずれにある〈かんむりの塔《とう》〉とよばれている塔《とう》にしまわれているというので、そこへ行《い》くのです。

「さっきまでのんびり魚《さかな》つりをしていたのに、もうこんなぼうけんをしてるなんて、すごいや！」

キツネは、すっかりこうふんしていました。

目《め》の下《した》には、みどりの森《もり》がどこまでもひろがっていましたが、そのずっとむこう、

森《もり》がとぎれるあたりに、細《ほそ》長《なが》い塔《とう》が白《しろ》くかがやいてい
ます。
「あれが、かんむりの塔《とう》です。」

白《しろ》ワシ王子《おうじ》がいいました。
と、その時《とき》、行《ゆ》く手《て》に、
ぽつぽつとたくさんの黒《くろ》い
点《てん》があらわれたかと思《おも》うと、
みるみるうちに近《ちか》づいてき
ました。
へいたいワシたちの間《あいだ》に、
さっときんちょうが走《はし》りま
した。

「王子《おうじ》、気《き》をつけてください。ハゲワシ公爵《こうしゃく》の手下《てした》どもです！」

たしかにそれは、十数羽《じゅうすうわ》のハゲワシでした。みんな、目《め》に黒《くろ》いマスクをしています。

「ぼくたちを塔《とう》に行《い》かせないようにするつもりだな。みんな、ゆだんするなよ！」

白《しろ》ワシ王子《おうじ》のさけび声《ごえ》がおわらないうちに、はげしい羽《は》音《おと》を立《た》てて、ハゲワシのむれがおそいかかってきました。

たちまち、はげしい空中戦《くうちゅうせん》がはじまりました。

たがいにとびちがっては、するどいつめでつかみあい、とがったくちばしでつつきあい、あいてをたたきおとそうと、羽根《はね》をぶつけあうのです。

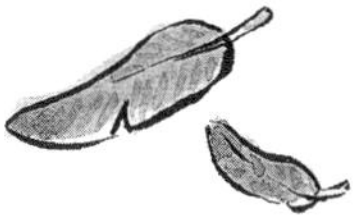

「わっ、わっ、わっ。」

キツネは、ひっしで白《しろ》ワシ王子《おうじ》の首《くび》にしがみついていました。ちょっとでもゆだんすると、ふりおとされてしまいます。

戦《たたか》いは、はげしさをましてきました。

一羽《いちわ》のハゲワシが羽根《はね》をおられて、きりきりまいをしながらおちていけば、へいたいワシが一羽《いちわ》、首《くび》から血《ち》を流《なが》して、ふらふらとまいおちていきます。

「みんな、がんばれ。まけるんじゃないぞ！」

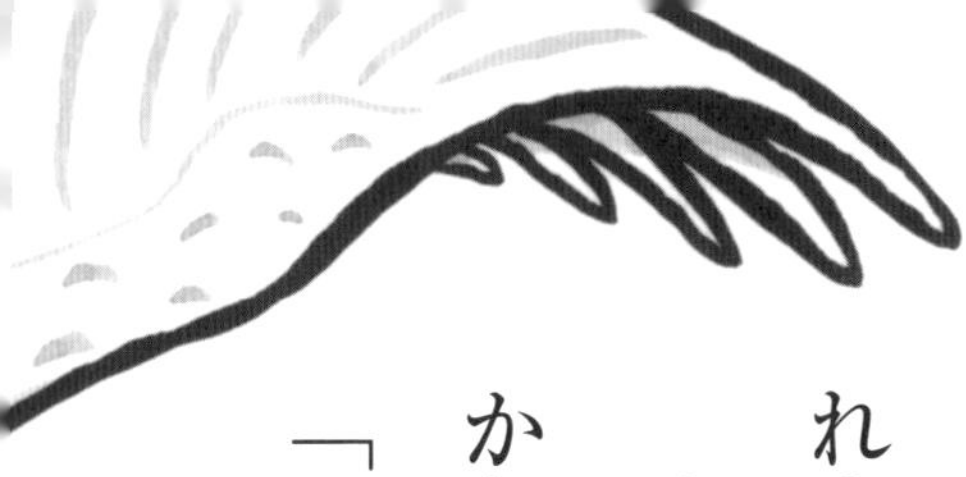

声《こえ》をからしてはげます白《しろ》ワシ王子《おうじ》めがけて、一羽《いちわ》のハゲワシが急降下《きゅうこうか》してきました。

「王子《おうじ》、あぶない！」

気《き》がついたキツネが、大声《おおごえ》でさけびました。

白《しろ》ワシ王子《おうじ》は、さっと空中《くうちゅう》で一回転《いっかいてん》して、あやうくのがれました。

けれど、あまりに急《きゅう》だったので、キツネは王子《おうじ》のせなかからふりおとされてしまいました。

「わわわわわああああ！」

キツネは、みどりの森《もり》
めがけて、まっさかさまに、
ついらくしていきました。

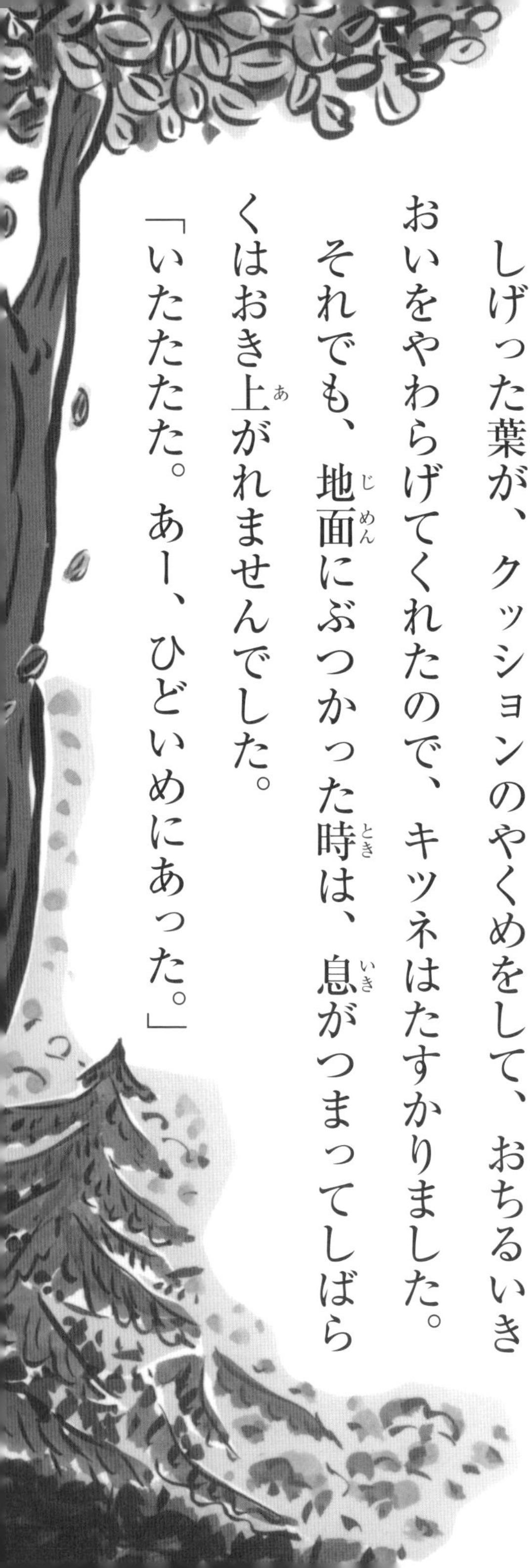

4 みどりのめいろ

バキバキとえだをおり、バサバサと葉《は》っぱをちらしながら、キツネは森《もり》の中《なか》をおちていきました。

しげった葉《は》が、クッションのやくめをして、おちるいきおいをやわらげてくれたので、キツネはたすかりました。

それでも、地面《じめん》にぶつかった時《とき》は、息《いき》がつまってしばらくはおき上《あ》がれませんでした。

「いたたたた。あー、ひどいめにあった。」

ようやくおき上《あ》がったキツネは、腰《こし》をさすりながら、あたりを見《み》まわしました。

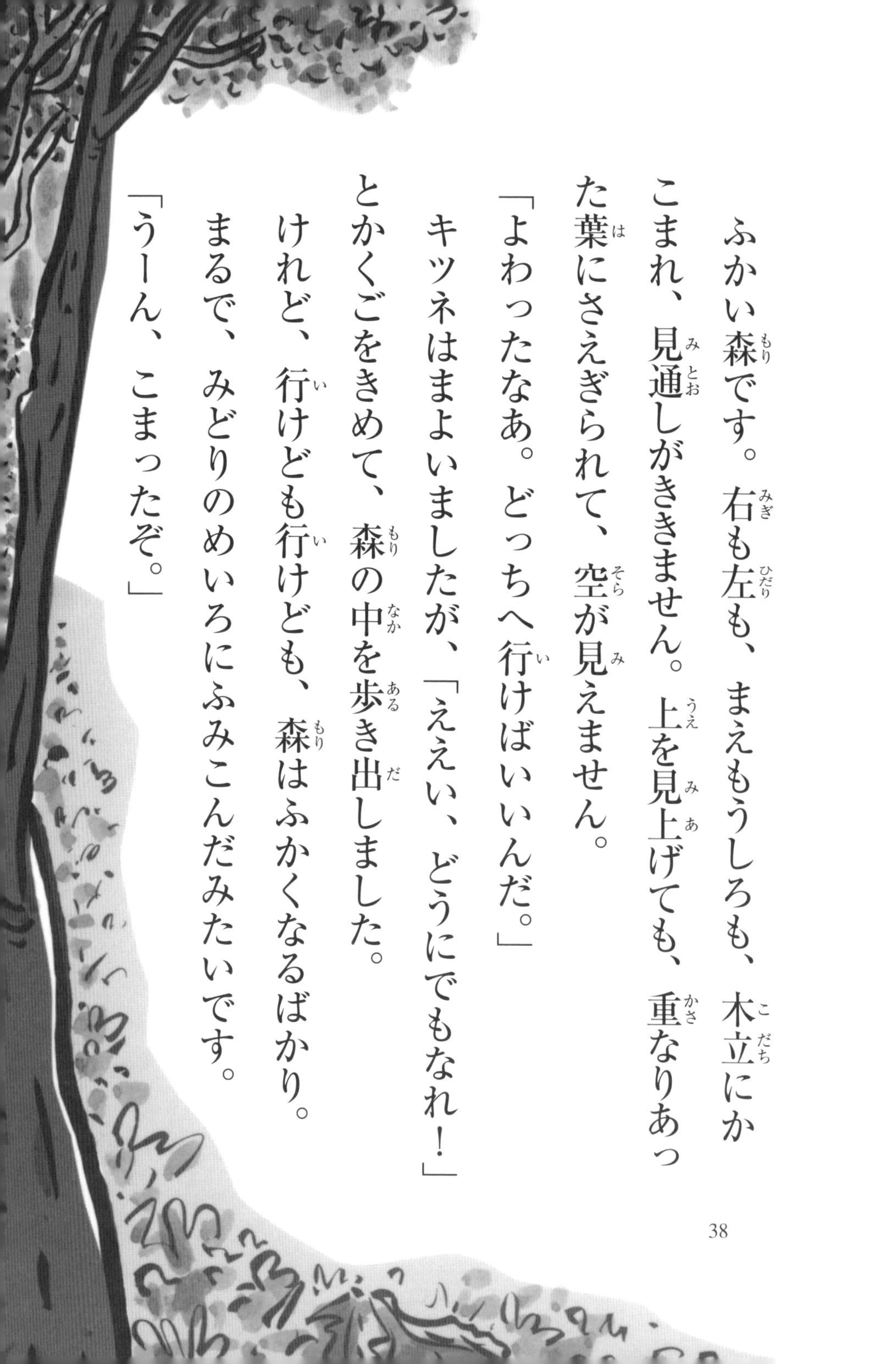

ふかい森《もり》です。右《みぎ》も左《ひだり》も、まえもうしろも、木立《こだち》にかこまれ、見通《みとお》しがききません。上《うえ》を見上《みあ》げても、重《かさ》なりあった葉《は》にさえぎられて、空《そら》が見《み》えません。

「よわったなあ。どっちへ行《い》けばいいんだ。」

キツネはまよいましたが、「ええい、どうにでもなれ！」

とかくごをきめて、森《もり》の中《なか》を歩《ある》き出《だ》しました。

けれど、行《い》けども行《い》けども、森《もり》はふかくなるばかり。

まるで、みどりのめいろにふみこんだみたいです。

「うーん、こまったぞ。」

キツネは、とほうにくれて、また、あたりを見《み》まわしました。

すると、右手《みぎて》の方《ほう》で、白《しろ》いものがちらっとうごきました。左手《ひだりて》の方《ほう》でも、白《しろ》いものがちらちらします。

なんだろうと思《おも》っていると、とつぜん、目《め》のまえのくさむらから、シュシュシュシュシュッという音《おと》とともに、なにかがとんできました。

「うわあっ。」

ひょいと胸元《むなもと》を見《み》たキツネは、思《おも》わずひめいをあげました。胸《むね》のチョッキに、なん十本《じゅっぽん》もの小《ちい》さな矢《や》が、びっしりとささっていたのです。

キツネは、身《み》をひるがえしてにげ出《だ》しました。右手《みぎて》と左手《ひだりて》の木立《こだち》の間《あいだ》でちらちらしていた白《しろ》いもののも、あとをおってきます。

そればかりではなく、うしろからは、シュシュシュシュッと、針《はり》のように細《ほそ》くて小《ちい》さな矢《や》もとんできました。

キツネは、しにものぐるいで、みどりのめいろを走《はし》りつづけました。

と、とつぜん、地面《じめん》がズボッとしずみこみ、あっというまにキツネは、ふかいあなにおちこんでしまいました。

おとしあなでした。

「かかったぞ。」
「うまくいったな。」
「ざまあみろだ。」
がやがやいう声《こえ》とともに、
あなのふちから、たくさんの
顔《かお》がのぞきこんできました。
どの顔《かお》もとても小《ちい》さく、
まんまるで、おまけに
まっ白《しろ》でした。

5 白《しろ》い小人《こびと》たち

やがて、あなのふちに、白《しろ》いひげをはやした顔《かお》がのぞきました。

「おまえはなにものだ。わしらの森《もり》に、なにしにやってきたんじゃ。」

「ぼくは、キツネのかぎやです。白《しろ》ワシ女王《じょおう》のたのみで、かんむりの塔《とう》へ行《い》くとちゅう、ハゲワシ公爵《こうしゃく》の手下《てした》におそわれて……。」

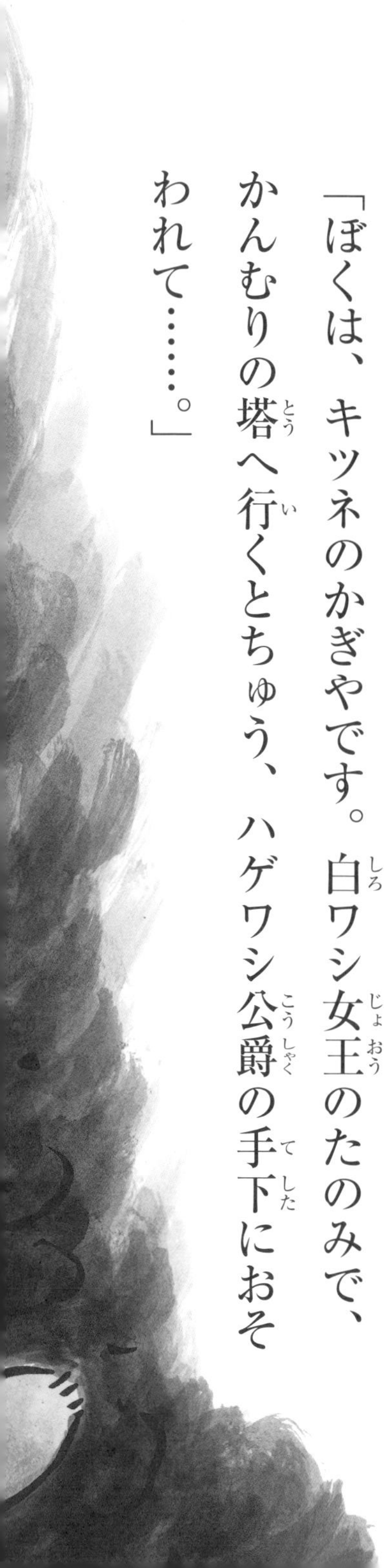

キツネは、これまでのことをせつめいしました。

「ふうむ。」

白《しろ》ひげは、しばらく考《かんが》えていましたが、やがて、まわりのものに命《めい》じました。

「よし、引《ひ》き上《あ》げてやれ。」

すると、まわりの顔《かお》がさっときえて、かわりに一本《いっぽん》のロープがおりてきました。キツネがつかまると、ロープはするすると引《ひ》き上《あ》げられていきました。

こうして、キツネは、なんとかあなから出《で》ることができましたが、出《で》たとたん、

「あれえ！」

と、思《おも》わず声《こえ》をあげてしまいました。

まわりにいたのは、白《しろ》い顔《かお》をして、白《しろ》いふくをきた小人《こびと》たちだったのです。手《て》には、小《ちい》さな弓矢《ゆみや》をもっています。

「わしらの森《もり》にことわりもなく入《はい》りこんだものは、ゆるしておかないところだが、白《しろ》ワシ女王《じょおう》とはなかよくしているので、ゆるしてやることにする。」

さっきの白《しろ》ひげの小人《こびと》が、声《こえ》をはりあげていいました。

この森《もり》の長老《ちょうろう》のようです。

「さあ、森《もり》の出口《でぐち》までおくってやろう。」

長老《ちょうろう》がいったとたん、まわりの小人《こびと》たちがいっせいに、キツネにとびかかってきました。

「わっ、な、なにするんだ！」

おどろいたキツネが、手《て》足《あし》をバタバタさせていると、ふいにその体《からだ》がグーッとうき上《あ》がりました。

なんと、数十人《すうじゅうにん》の小人《こびと》たちが、キツネの体《からだ》をもち上《あ》げたのです。

小人《こびと》たちは、そのまま走《はし》り出《だ》しました。

「どうだ、気《き》もちがよいじゃろう。」

キツネの耳元《みみもと》で声《こえ》がしました。いつのまにか、長老《ちょうろう》が肩《かた》にのっかっていました。

小人《こびと》たちは、みどりのめいろを右《みぎ》に左《ひだり》にぬけながら、すばらしいスピードで走《はし》りつづけました。

やがて、まえの方《ほう》が明《あか》るく
なってきました。
と、つぎのしゅん間《かん》、キ
ツネは、ジリジリとてりつ
ける日《ひ》ざしの中《なか》になげ出《だ》さ
れていました。

そこは、どこまでもひろがるさばくでした。

はるかむこうに、白《しろ》いかんむりの塔《とう》がそびえています。

「ここからは、ひとりで行《い》くんじゃ。」

長老《ちょうろう》の声《こえ》がしました。

ふりかえると、森《もり》のへりに、長老《ちょうろう》をまん中《なか》にして小《こ》人《びと》たちがならんでいました。

「黒《くろ》いあくまに、気《き》をつけてな。」

そういうと、長老《ちょうろう》は、小人《こびと》たちをうながして、森《もり》の中《なか》に帰《かえ》っていきました。

6

黒《くろ》いあくま？

「黒《くろ》いあくまだって？　なんのことだろう。」

キツネは首《くび》をひねりましたが、さっぱりわかりません。

「まあいいや。気《き》にしたってしようがない。」

キツネは、気《き》をとりなおして、かんむりの塔《とう》をめざしてさばくを歩《ある》き出《だ》しました。戦《たたか》いはおわったのかどうか、空《そら》には白《しろ》ワシ王子《おうじ》たちもハゲワシたちも見《み》えません。

かんむりの塔《とう》は、レンガをつみ上《あ》げて作《つく》ってありました。

高《たか》さは、三十《さんじゅう》メートルぐらいでしょうか。入《い》り口《ぐち》はなく、てっぺんに近《ちか》い所《ところ》にまどがあいています。

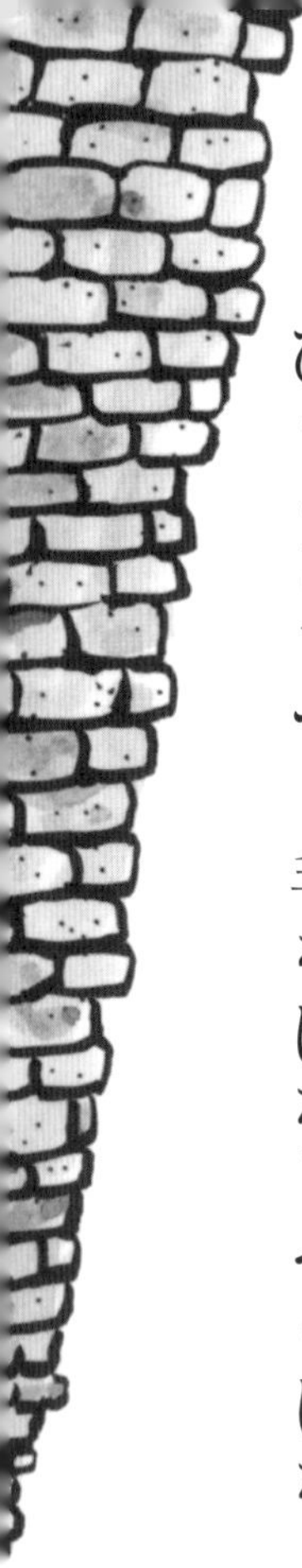

「そうか。ワシたちにとっては、あそこが入《い》り口《ぐち》なんだ……。」

キツネは、ためいきをつきましたが、羽根《はね》がないかぎり、そこまでよじのぼっていくしかありません。

けれど、よく見《み》ると、塔《とう》のレンガは雑《ざつ》につみ上《あ》げられていて、あちこちにかどがつき出《で》ていました。キツネは、それをとっかかりにして、塔《とう》をよじのぼりはじめました。

しばらくのぼったところで、キツネはひと休《やす》みしました。

どのくらいのぼったんだろうと、ひょいと下《した》を見《み》たとたん、びっくりして、手《て》をはなしそうになってしまいました。

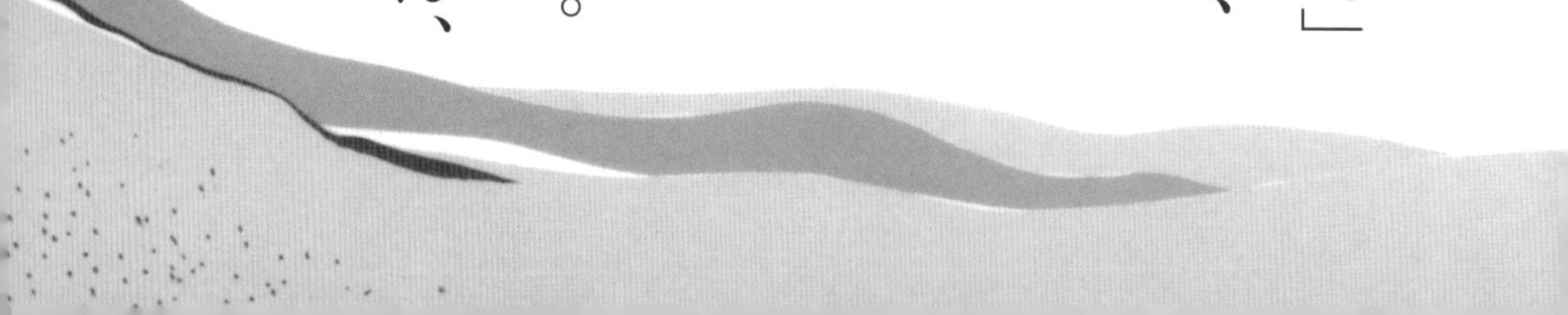

黒《くろ》い毒《どく》サソリのむれが、
なん十《じゅっ》ぴき、いや、なん百《びゃっ》
ぴきも、さばくを横切《よこぎ》って、
塔《とう》に近《ちか》づいてくるのです。

さされたら、たちまちしんでしまいます。長老《ちょうろう》がいった「黒《くろ》いあくま」というのは、このサソリのことにちがいありません。

「あわわわわわ！」

キツネは、あわをくって、ひっしで塔《とう》のかべをよじのぼると、なんとかまどにたどりつき、中《なか》にとびこみました。

そこは小《ちい》さなへやになっていて、まん中《なか》に鉄《てつ》のわくをはめた、がんじょうそうなはこがおいてありました。

「これだ！」

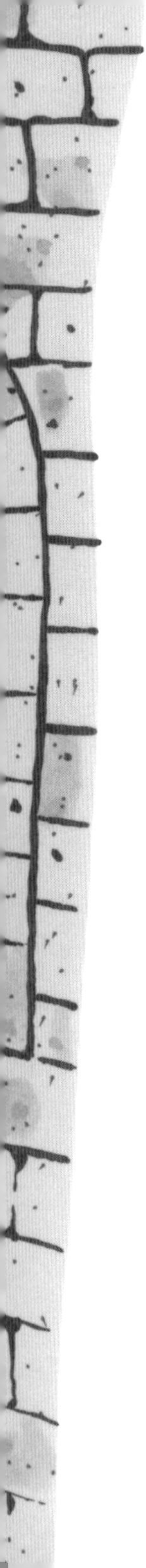

キツネは、はこにかけよりました。かぎあなをしらべていると、うしろでガサッと音《おと》がしました。ふりむくと、サソリが一《いっ》ぴき、まどから入《はい》ってくるところでした。つづいて、二《に》ひき、三《さん》びき……。

ここであけているひまはありません。キツネは、はこをかかえて、むかいがわのまどに走《はし》りました。下《した》をのぞくと、サソリがかべいっぱいにひろがって、のぼってきます。

「これじゃ、下《した》におりられない。」

しかたなくキツネは、まどわくに足《あし》をかけて屋根《やね》にのぼりました。かんむりの形《かたち》をした屋根《やね》のてっぺんにしがみついていると、ゴソゴソと毒《どく》サソリが屋根《やね》をはいのぼってきました。

「しっ、しっ、あっちへ行《い》け！」

足《あし》ではらいのけても、つぎからつぎへとのぼってきます。

「だれか、たすけてえ！」

キツネは、大声《おおごえ》でなきさけびました。

と、そのとき、バサバサバサッという羽音《はおと》とともに、一《いち》羽《わ》の白《しろ》ワシがとんできて、キツネをつかみ上《あ》げると、大空《おおぞら》高《たか》くまい上《あ》がっていきました。白《しろ》ワシ王子《おうじ》でした。

「あぶないところでしたね。」

白《しろ》ワシ王子《おうじ》は、あのあと、ハゲワシ公爵《こうしゃく》の手下《てした》どもをやっつけると、キツネをさがしながら、かんむりの塔《とう》までやってきたのでした。

7 ハゲワシ公爵《こうしゃく》のさいご

こうしてキツネは、かんむりの入《はい》ったはこを手《て》にして、白《しろ》ワシ城《じょう》にもどってきました。

「では、さっそく、あけることにします。」

キツネは、そういって、チョッキのポケットから、いつももっている二本《にほん》の細《ほそ》い鉄《てつ》の棒《ぼう》をとり出《だ》しました。一本《いっぽん》は先《さき》がとがり、もう一本《いっぽん》は先《さき》がまがっています。

キツネは、まず、まっすぐな棒《ぼう》をかぎあなにさしこんで、

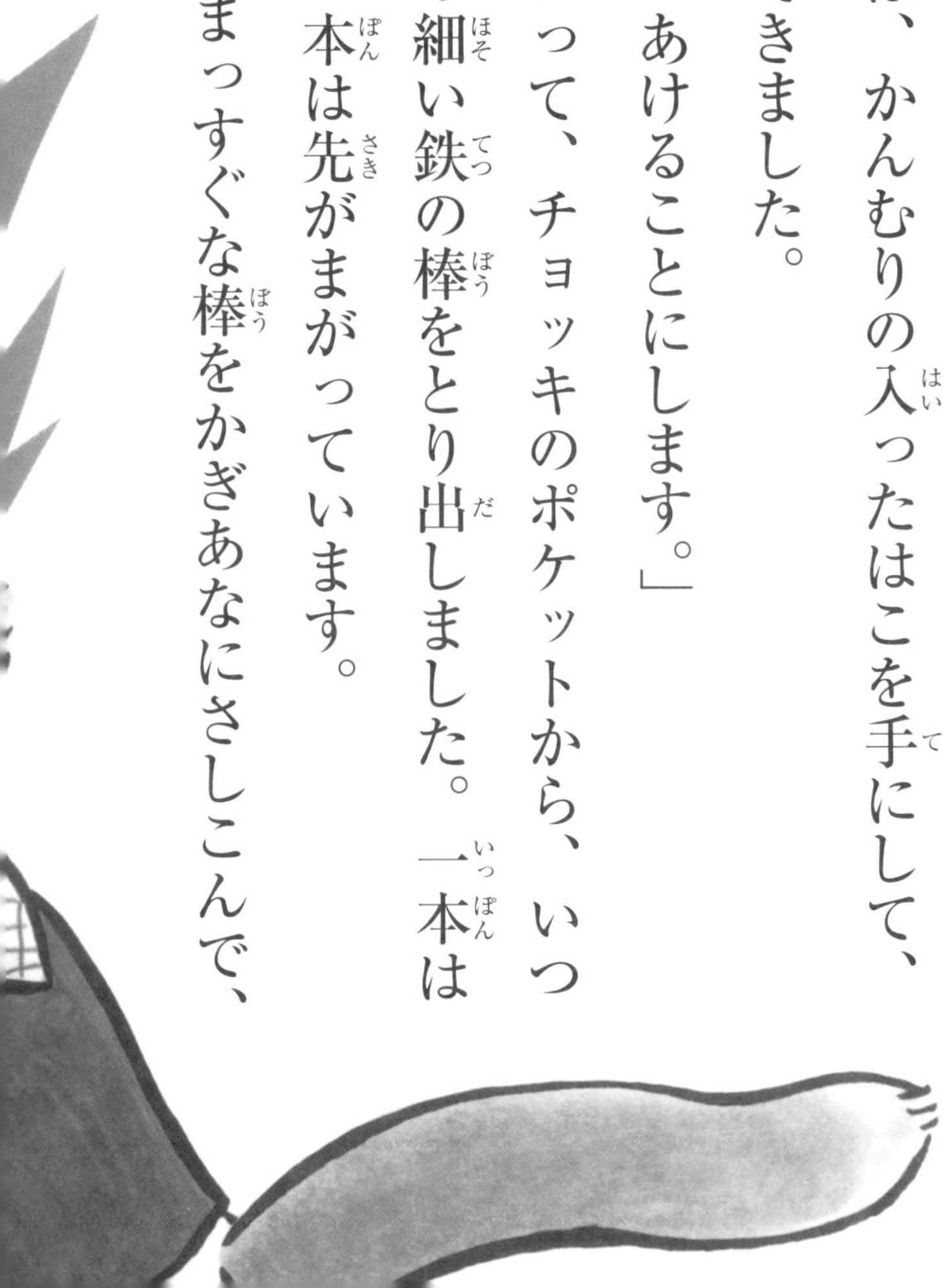

しずかにうごかし、かぎあなの形《かたち》をたしかめました。
それから、先《さき》がまがった棒《ぼう》をさしこんで、右《みぎ》に左《ひだり》にうごかしていきました。
カチッ
と、小《ちい》さな音《おと》がしました。
「よし。」
キツネは大《おお》きくうなずいて、

はこのふたに手《て》をかけ、そろそろと、もち上《あ》げていきました。
ダイヤやルビーにかざられた、みごとな金《きん》のかんむりがすがたをあらわしました。

「おお、ありがとうございます。
これで王子《おうじ》は、新《あたら》しい
王《おう》さまになれます。」
白《しろ》ワシ女王《じょおう》は、
大《おお》よろこびでした。
キツネは、おれいに、
女王《じょおう》から金《きん》のメダルを
もらいました。

そして、おくってくれるという白《しろ》ワシ王子《おうじ》のせなかにのって、白《しろ》ワシ城《じょう》をあとにしました。

のんびりと目《め》の下《した》にひろがるけしきをながめていると、ふいに上空《じょうくう》から、一羽《いちわ》のハゲワシがおそいかかってきました。

「こぞう、きさまさえいなくなれば、おれが王《おう》さまになれるんだ！」
「ハゲワシ公爵《こうしゃく》！」
白《しろ》ワシ王子《おうじ》は、あやうく身《み》をかわしました。
それから、右《みぎ》に左《ひだり》にとびちがい、上《うえ》になったり、下《した》になったり、はげしい空中戦《くうちゅうせん》が

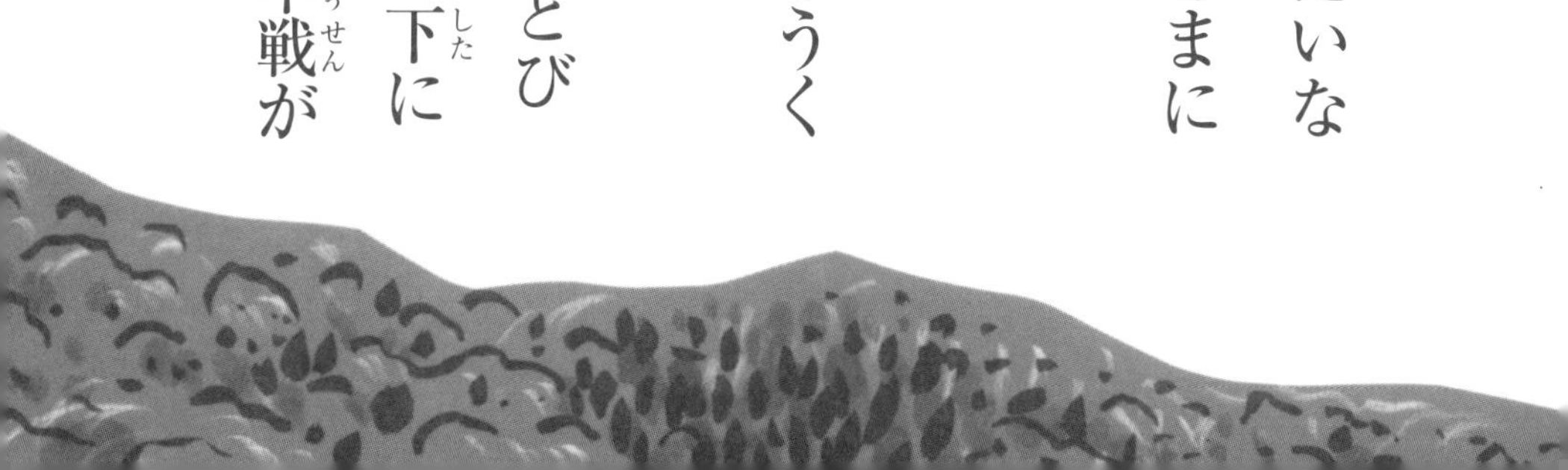

くりひろげられましたが、キツネをのせている分《ぶん》だけ、白《しろ》ワシ王子《おうじ》の方《ほう》が、不利《ふり》です。ハゲワシ公爵《こうしゃく》のするどいつめとくちばしのこうげきをうけて、きずついていきました。

「なんとかしなくちゃ……。」

白《しろ》ワシ王子《おうじ》の首《くび》にしがみつきながら、キツネは、ひっしで考《かんが》えました。

「そうだ……!」

キツネは、チョッキのポケットから、先《さき》のまっすぐな鉄《てつ》の棒《ぼう》をとり出《だ》しました。

「王子《おうじ》、あいつをできるだけ引《ひ》きつけてください。ぼくにいい考《かんが》えがあります。」

「わかりました。」

白《しろ》ワシ王子《おうじ》は、うなずくと、よわったふりをして、ふらふらとまいおちはじめました。

「ふふふ。こぞう、まいったか。よし、とどめをさしてやる！」

ハゲワシ公爵《こうしゃく》は、にやりとわらうと、ななめまえの方《ほう》から、白《しろ》ワシ王子《おうじ》におそいかかってきました。

「しめた。」

キツネは、ぐんぐんせまってくるハゲワシ公爵《こうしゃく》めがけて、手《て》にもった鉄《てつ》の棒《ぼう》をしゅりけんのようになげつけました。

ねらいはあやまたず、棒《ぼう》はハゲワシ公爵《こうしゃく》の右目《みぎめ》にぐさりとつきささりました。

ギャアアアアアー

ハゲワシ公爵《こうしゃく》は、ものすごいひめいをあげて、きりきりまいをしながらおちていきました。

「やったあ！」

キツネは、かんせいをあげました。

「やりましたねえ。」

白《しろ》ワシ王子《おうじ》も、うれしそうに羽根《はね》をふるわせました。

それからふたりは、すみきった大空《おおぞら》をすべるようにとんでいきました。

★とくする情報《じょうほう》がいっぱい！　防犯《ぼうはん》は、キツネのかぎやにおまかせください！

なんでも あけます

キツネのかぎや新聞《しんぶん》

2003年
11月発行
●発行所●
キツネのかぎや

「錠《じょう》」ものしり

①「南京錠《なんきんじょう》」

「南京錠《なんきんじょう》」は、「きんちゃく錠《じょう》」ともいいます。棒状《ぼうじょう》やまがったかんぬきの一方《いっぽう》をはこにおしこむと、かけ金《がね》がかかります。（南京《なんきん》は、中国《ちゅうごく》の都《と》市名《しめい》ですが、めずらしいものや小《ちい》さく、あいらしいものの名《な》の頭《あたま》につけました。）

南京錠《なんきんじょう》は、いろいろな所《ところ》に、よくつかわれていますが、ピッキングにあいやすいので、あまりつかわれなくなりました。（きんちゃくとは、小銭《こぜに》などを入《い》れ、口《くち》をひもでしめる小《ちい》さなふくろのことです。）

「南京錠《なんきんじょう》」のいろいろ

「わし」の　おもしろ　なぞなぞだよ！

① ゴシゴシ、あらいものに　つかう　「わし」は、なあに？

② おすもうさんが　こしに　まく　「わし」は、なあに？

③ うみに　いる　さかなの　「わし」は、なあに？

④ 「ワシ」が　頭《あたま》に　つく　アメリカの　首都《しゅと》は、なあに？

⑤ お正月《しょうがつ》に、こまで　あそぶ　「わし」は、なあに？

②「ふろや錠《じょう》」

「ふろや錠《じょう》」は、「下足錠《げそくじょう》」ともいいます。

おふろやさんに行《い》って、くつなどを下足箱《げそくばこ》に入《い》れたら、ふたをして、錠《じょう》にはさまれ、番号《ばんごう》がかかれた木札《きふだ》（かぎ）をぬきます。すると、かぎがかかります。

おなじ番号《ばんごう》の錠《じょう》に、木札《きふだ》をさしこむと、かぎがあきます。

「ふろや錠《じょう》」のいろいろ

カギのことなら、キツネのかぎやへ！どこでも行《い》きます、キツネのかぎや！

《にがお絵《え》コーナー》

小寺武仁（香川県《かがわけん》）

菊井　嶺（愛知県《あいちけん》）

「錠《じょう》がふるくなり、かぎあながゆるくなったり、ゴミがつまったりしていたら、ピッキングにあうまえに、思《おも》いきって　新《あたら》しいかぎにかえましょう。」

●キツネのかぎやについて知《し》りたいことや聞《き》きたいこと、にがお絵《え》などを葉書《はがき》に書《か》いて

〒101-0065　**東京都千代田区西神田3-2-1　あかね書房「キツネのかぎや」係《がかり》**まで

おたよりください。葉書《はがき》には、じぶんの住所《じゅうしょ》・名前《なまえ》・郵便番号《ゆうびんばんごう》をはっきりと書《か》いてください。

「たのしいおたより、まってます！」

★どろぼうは　見《み》ている！　お出《で》かけには、かぎを忘《わす》れずにしっかりかけましょう。

《なぞなぞのこたえ・①わたし　②まわし　③いわし　④ワシントン　⑤こまわし》

著者紹介《ちょしゃしょうかい》

作者●三田村信行（みたむら　のぶゆき）

1939年東京に生まれる。早稲田大学卒業。

作品に、『ぼくが恐竜だったころ』『風の城』（ほるぷ出版）『キャベたまたんていぎょうれつラーメンのひみつ』（金の星社）「ウルフ探偵シリーズ」（偕成社）「ふしぎな教室シリーズ」（フレーベル館）「ネコカブリ小学校シリーズ」（PHP研究所）「三国志」（全5巻・ポプラ社）『おとうふ百ちょうあぶらげ百まい』（あかね書房）など、多数がある。東京都在住。

＊＊＊

画家●夏目尚吾（なつめ　しょうご）

1949年愛知県に生まれる。日本児童出版美術家連盟会員。現代童画会新人賞受賞。

絵本に『ライオンさんのカレー』（ひさかたチャイルド）『コロにとどけみんなのこえ』（教育画劇）『めんどりとこむぎつぶ』（フレーベル館）。さし絵に『より道はふしぎのはじまり』（文研出版）『ぼくらの縁むすび大作戦』（岩崎書店）『ふるさとはヤギの島に』『悪ガキコンビ初恋大作戦』（あかね書房）など、多数がある。東京都在住。

キツネのかぎや・5　『白ワシのかんむり』　ISBN978-4-251-03885-2
発　行●2003年11月初版　2021年9月第7刷　NDC913／77ページ／22cm
作　者●三田村信行　画　家●夏目尚吾
発行人●岡本光晴
発行所●株式会社あかね書房　〒101-0065 東京都千代田区西神田 3-2-1 電話（03）3263-0641（代）
印刷所●錦明印刷株式会社　製本所●株式会社ブックアート

まちがいさがしクイズ
ちがうかんむりが、一《ひと》つ
あります。わかるかな？